30 SPÉCIALITÉS GOURMANDES DE BELGIQUE

FLORENCE DUCATTEAU • PASCAL BALTZER
AVEC LA PARTICIPATION D'ALINE GÉRARD

30 SPÉCIALITÉS GOURMANDES DE BELGIQUE

AUZOU Belgique

AVANT-PROPOS

Bonjour !
Je m'appelle Aline et je suis passionnée de cuisine. Aujourd'hui, c'est dans les recettes et les spécialités de Belgique que je souhaite me plonger !
Elles sont parfois très connues, parfois surprenantes, mais toujours gourmandes ! Toi aussi, tu souhaites en apprendre plus sur la gastronomie de notre pays ?
Je t'invite à me suivre dans mon circuit gourmand à la recherche de la saveur et de l'histoire des plats et produits belges.

SAVAIS-TU que le filet américain est belge ? Mais que le café liégeois ne l'est pas ? Savais-tu qu'il existe plus de 500 fromages en Belgique et que le Herve est le seul à bénéficier d'une appellation d'origine protégée (AOP) ? Sais-tu comment on cultive les chicons et d'où vient la cassonade ?
La Belgique est peut-être un petit pays, mais, depuis toujours, le Belge a la réputation d'être gourmand et bon mangeur.
Accompagne Aline dans le secret des cuisines et des producteurs, mais aussi dans les livres d'histoire, pour découvrir le patrimoine culinaire de Belgique. Tu découvriras des repas de tous les jours et des plats de fêtes, ainsi que les produits du terroir et bien sûr les « stars » comme les frites ou le chocolat.

* Tous les mots suivis d'un astérisque sont expliqués dans le glossaire (pages 68-69).

Au fil de ces pages, tu trouveras des recettes pour cuisiner toi-même des spécialités belges. Quand tu verras ce dessin, demande à un adulte de t'aider pour toutes les opérations de coupe et de cuisson.

SOMMAIRE

1

LES FRITES

Chaque année, plusieurs millions de tonnes de frites sont consommées dans le monde. Sans surprise, c'est en Belgique qu'on en mange le plus : 16 kilos par famille, rien qu'à la maison !

ET TOUT COMMENCE AVEC LA POMME DE TERRE

Au 16e siècle, les conquistadors* espagnols découvrent l'Amérique du Sud et ramènent sur leurs vaisseaux une petite « pomme » qui ne pousse pas sur un arbre : la pomme de terre ! Les Sud-Américains la cultivaient depuis des milliers d'années déjà. Mais en Europe, elle était inconnue. Alors qu'elle a eu du mal à s'imposer dans les assiettes des Européens pendant longtemps, c'est aujourd'hui un incontournable de nos cuisines.

© Trong Nguyen - Shutterstock

LES DIFFÉRENTES VARIÉTÉS

Il en existe des milliers. Certaines sont plus fermes, d'autres plus farineuses. En cuisine, on les choisit selon ces critères. Les chairs fermes sont bonnes pour les cuissons vapeur ou dans l'eau, servies chaudes ou en salades. Les chairs farineuses, qui contiennent plus d'amidon*, sont meilleures pour la purée, les soupes et... les frites ! La variété la plus connue pour les frites en Belgique est la bintje.

© FotoDuets - Shutterstock

LA CULTURE DES POMMES DE TERRE

Elles se cultivent facilement. Tu peux même en faire pousser dans un sac ou un grand pot. Laisse une pomme de terre germer, puis enfouis-la dans du terreau que tu gardes humide. Une plante à feuilles vertes va pousser et faire, sous terre, beaucoup de racines sur lesquelles pousseront de nouvelles patates.

LES FRITES SONT-ELLES VRAIMENT BELGES ?

Les Français et les Belges se disputent la création de la frite ! En Belgique, certains te raconteront qu'un hiver du 17e siècle, il a fait tellement froid que la Meuse a gelé, empêchant de pêcher. Pour remplacer les poissons frits, quelqu'un a découpé des pommes de terre en forme de poisson et les a fait frire. En réalité, il semblerait que les frites aient été créées par des marchands de beignets des rues de Paris au début du 19e siècle. Elles se seraient ensuite répandues en Belgique grâce aux marchands forains[1]. Mais chut !

Le savais-tu ? La frite belge a sa journée ! On la fête dans le monde entier le 1er août. Le jour idéal pour aller visiter un musée de la Frite, comme celui de Bruges.

Si tu fais les frites chez toi, c'est toujours mieux d'utiliser des pommes de terre fraîches et pas des frites surgelées. Pour les couper, il existe même une machine bien pensée munie d'une grille pour transformer la pomme de terre en frites !

1. Tu découvriras l'histoire complète et passionnante des frites sur le site de Pierre Leclercq, historien de l'alimentation : www.histoiredelafrite.com.

2 LA CULTURE DES BARAQUES À FRITES

Dorées, chaudes et croustillantes, fondantes à l'intérieur…
Les frites, on les mange à la maison, mais aussi au sortir du fritkot, salées ou non, dans un cornet ou une barquette, avec les doigts ou une petite fourchette jetable. On ne s'en lasse pas !

LES BARAQUES À FRITES

Ces petites cahutes, mobiles ou non, dans lesquelles le friturier prépare et vend les frites, font partie intégrante du paysage de Belgique. On les appelle friterie, friture, baraque à frites, fritkot ou frituur selon les régions. Certaines ont leurs habitués qui « jamais ! » n'iraient acheter de paquet de frites à la concurrence !

LA CUISSON

Les puristes diront que les frites se cuisent uniquement dans de la graisse de bœuf. D'autres les font frire dans une huile végétale (arachide, maïs, tournesol…). En Belgique, la cuisson se fait en deux temps. Les frites précuites sont refroidies une dizaine de minutes, puis sont à nouveau plongées dans la friture. C'est ce qui les rend si croustillantes !

© Jack Jelly - Shutterstock

LES PLATS DES BARAQUES À FRITES

Avec tes frites, tu peux choisir un cervelas ou une fricadelle, cette saucisse frite typique des baraques. Les gros mangeurs commanderont une mitraillette. Attention, tous aux abris ! Mais non ! Il s'agit d'une demi-baguette de pain fourrée de viande et de frites et recouverte de sauce. Après ça, impossible de courir un cent mètres !

© Renatus - Wikimedia Commons.org

Une de mes sauces favorites pour accompagner mes frites est la sauce tartare. Pour la préparer, tu prends une bonne mayonnaise maison et, selon tes goûts, tu y ajoutes une échalote, des fines herbes fraîches, des câpres ou encore des cornichons.

AVEC DE LA SAUCE !

Le friturier en nappe tes frites ou te la donne dans un petit pot. Le plus difficile est le choix. Il y en a des dizaines ! La plus classique est la mayonnaise. Elle sert de base à plusieurs autres. Sa composition actuelle est fixée par un décret royal de 1955 et par des normes européennes. On ne rigole pas avec la mayonnaise ! Mais tu peux aussi choisir parmi le ketchup, la tartare, la cocktail, l'andalouse – l'une des préférées des Belges... La plus pimentée est la samouraï !

Le savais-tu ? La Région flamande et les Communautés française et germanophone de Belgique ont déclaré les friteries « héritage culturel immatériel ». Prochaine étape : demander une reconnaissance à l'Unesco* !

« Ne pas avoir toutes ses frites dans le même sachet » signifie avoir un petit grain, être un peu fou.

3 LE WATERZOOI ET AUTRES PLATS DE POULET

Le Belge a toujours été friand de volaille.
Qu'il soit à chair blanche ou à chair jaune, le poulet est sans conteste sa préférée et entre dans la préparation de délicieuses recettes.

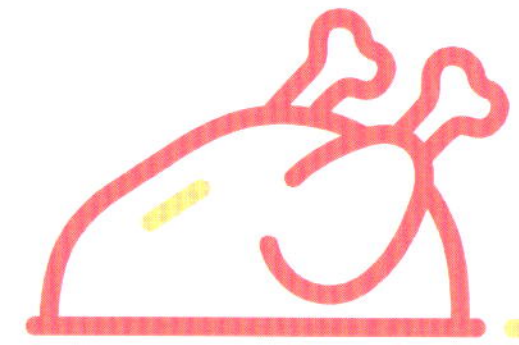

LE WATERZOOI DE POULET

Veux-tu déguster de l'eau qui bout, qui mijote ? Non ? C'est pourtant ainsi que se traduit en français le nom d'un des plats flamands les plus connus ! Le « water-zooi ». Ce plat, originaire de Gand, est traditionnellement préparé avec du poulet. Est-ce une soupe ou un plat principal ? Chacun a son avis ! En tout cas, un vrai waterzooi est copieux.

Il existe aussi un waterzooi de la mer, où le poulet est remplacé par divers poissons de mer ou de rivière.

© AS Food studio - Shutterstock

UNE RECETTE RICHE

Cuits au beurre et puis dans un bouillon de poulet épicé à la muscade, des dés de légumes mijotent. Carottes, céleri, poireau, cerfeuil et persil mélangent leurs saveurs en attendant l'arrivée des morceaux de poulet. Quand tout est cuit, on ajoute des œufs et de la crème. Certains ajoutent des tranches de citron. Le waterzooi se sert traditionnellement dans une assiette à potage.

© Chatham172 - Shutterstock

LE POPULAIRE VOL-AU-VENT

Dans toutes les brasseries belges, tu trouveras du vol-au-vent. Cette croustade est un bol de pâte feuilletée, assorti de son chapeau. Elle est réchauffée et généreusement garnie d'un mélange à base de morceaux de poulet, de champignons et d'une sauce épaisse faite à partir d'un bouillon de volaille. Malgré son nom, c'est un plat consistant que les Belges adorent manger avec des frites !

VOL-AU-VENT OU BOUCHÉES À LA REINE ?

« Vol-au-vent » est en fait le nom belge des bouchées à la reine françaises. Ce plat aurait été inventé au début du 18e siècle pour l'épouse du roi Louis XV, Marie Leczinska, fille du roi de Pologne. Le terme « vol-au-vent » désigne à l'origine seulement la croustade de pâte feuilletée, en référence à sa grande légèreté !

Le savais-tu ? La sauce Sambre et Meuse est une spécialité namuroise à base de tomates, de crème, d'estragon, d'échalotes et de vin blanc, qui accompagne souvent le poulet.

4 LE FILET AMÉRICAIN ET LES CARBONNADES FLAMANDES

Depuis le Moyen Âge, toutes les grandes villes belges ont une rue consacrée à la viande, telle la rue des Bouchers à Bruxelles. C'est dire son importance ! Voici deux spécialités belges à base de viande particulièrement aimées.

LE FILET AMÉRICAIN PRÉPARÉ

Ce plat a été popularisé par Joseph Niels, un grand chef cuisinier belge, dans les années 1920. C'est de la viande de bœuf finement hachée, qu'on mange crue assaisonnée d'un jaune d'œuf et de moutarde, ketchup, sauce anglaise (Worcestershire), tabasco, sel et poivre. Certains y ajoutent des câpres, des cornichons ou des petits oignons au vinaigre. Il se mange avec des frites, bien sûr !

POURQUOI AMÉRICAIN ?

Plus personne ne sait… Partout ailleurs qu'en Belgique, le filet américain est appelé « steak tartare ». Et pourquoi « tartare », alors ? On dit que c'est parce que les cavaliers tartares mangeaient la viande crue et la transportaient sous la selle de leur cheval.

On déguste aussi le filet américain à midi dans un sandwich ou sur une tranche de pain toastée qu'on appelle alors un toast cannibale. Tu peux maintenant répondre à la devinette : un Américain mangeant un américain en Belgique est-il un cannibale ?

LES CARBONNADES FLAMANDES

C'est un plat traditionnel du nord du pays, mais qu'on mange dans toute la Belgique : des morceaux de bœuf longuement mijotés* dans une sauce aigre-douce*. On y ajoute des oignons coupés fin, de la bière, de la moutarde et, pour la touche sucrée, de la cassonade ou du pain d'épices. Il semblerait que le mot « carbonnade » provienne de cette lente cuisson sur des braises de charbon, quand la cuisine se faisait encore au coin du feu. En tout cas, c'est un plat qui réchauffe au cœur de l'hiver.

© Bastiaanimage stock - Shutterstock

Le savais-tu ? Certains restaurateurs servent le filet américain non préparé, un jaune d'œuf dans sa coquille posé au-dessus de la viande hachée. C'est le client qui choisit et fait son mélange de condiments lui-même.

LA VACHE BLANC BLEU BELGE

Waouh, voilà du muscle ! Fruit de sélection génétique, la BBB est une race bovine dont on a privilégié le développement musculaire afin d'obtenir un animal produisant le maximum de viande. Sa robe est blanche parsemée de taches noires ou bleues (d'où son nom). On la trouve principalement en Région wallonne, qui en compte près d'un million, et sa viande est très renommée.

5 LA CULTURE DE LA BOULETTE

Voici un incontournable des restaurants, brasseries et friteries belges : les boulettes de viande ! On les mange chaudes nappées de sauce ou froides avec un peu de mayonnaise ou de moutarde.

BOULETTES AU SUD, BALLEKES AU NORD

Si en Wallonie ce sont des « boulettes », en Flandre et à Bruxelles, on les appelle des « ballekes ». On en trouvera autant de recettes que de cuisiniers. La viande hachée utilisée est principalement un mélange de veau et de porc, mais certains préfèrent le bœuf au veau. Une fois modelées en petites balles de même taille, on les frit ou on les cuit dans du beurre ou dans une sauce.

© Slawomir Fajer - Shutterstock

LES BOULETS SAUCE LAPIN OU BOULETS À LA LIÉGOISE

À Liège et dans sa région, on voit grand ! Finies les petites boulettes, on mange des gros « boulets » nappés de sauce Lapin et accompagnés de frites. Pas de lapin dans cette préparation aigre-douce*, mais des oignons caramélisés, du thym, du laurier, des clous de girofle et l'incontournable sirop de Liège[1]. Sans oublier la cuisson dans de la bière brune ! La légende raconte que le nom de cette recette viendrait de la cuisinière qui l'a créée dans les années 1920, madame Géraldine Lapin. En réalité, ce nom vient du fait que, pour accompagner des boulettes, on a utilisé le reste de sauce du lapin aux pruneaux, plat très populaire au début du 20e siècle !

1. Voir page 54.

LES BOULETTES SAUCE TOMATE

C'est un des plats les plus populaires dans les foyers belges. Chaque famille a sa recette, voici la mienne.

INGRÉDIENTS POUR 4 PERSONNES

• 500 g de haché veau-porc • 3 tranches de pain • une assiette creuse remplie de lait • 1 oignon • ½ bouquet de persil • 2 œufs • sel et poivre • huile d'olive • 250 g de coulis de tomate • 1 boîte de tomates pelées concassées • 1 cube de bouillon de légumes • origan

1 Pèle 1 oignon et hache-le finement, ainsi que le persil. Enlève les croûtes des tranches de pain et fais tremper la mie dans le lait. Bats les 2 œufs dans un petit bol.

2 Dans un grand bol, mélange bien le haché, la mie de pain, l'oignon, le persil et les 2 œufs battus. Ajoute du sel et du poivre.

3 Divise et façonne le mélange en 8 boulettes bien rondes.

4 Dans une grande casserole, verse 2 cuillers à soupe d'huile d'olive, le coulis de tomate et les tomates concassées. Ajoute le cube de bouillon, 1 cuiller à café d'origan, du sel et du poivre.

5 Dépose les boulettes crues dans la sauce tomate, couvre la casserole de son couvercle et fais mijoter* le tout à feu moyen pendant 15 minutes.

6 Retourne délicatement les boulettes et continue la cuisson à feu doux pendant 30 minutes.

7 Sers avec des pâtes ou du riz. Sauf si tu ne peux vraiment pas te passer de frites...

BON APPÉTIT !

Le savais-tu ? Dans la région de Charleroi, on mange une variante de boulette allongée qui serait apparentée à la fricadelle qu'on trouve dans nos friteries : le vitoulet ou vitolet.

6 LE JAMBON D'ARDENNE ET AUTRES CHARCUTERIES

Les amateurs de viande vont encore être ravis ! Jambons, viande fumée, salée, transformée en saucisses, saucissons ou pâtés, tout est appétissant !

© P. Willems - FTLB

LE JAMBON D'ARDENNE

En Ardenne, on sale et on fume du jambon depuis des siècles. Fortement concurrencés, les producteurs ont voulu se protéger en créant l'Association pour l'usage et la défense du jambon d'Ardenne et son appellation (AUDA). Ils ont aussi obtenu le label européen Indication Géographique Protégée (IGP) en 1996. Ils sont donc les seuls à pouvoir en produire en suivant des règles de fabrication bien précises. Sur une tartine beurrée, en entrée avec du melon ou en omelette, le jambon d'Ardenne est un vrai délice !

LE SAUCISSON D'ARDENNE

Appelé « pipe d'Ardenne » s'il est droit ou « collier » s'il est recourbé, ce saucisson sec, voisin du salami, bénéficie également de l'appellation IGP. Eh oui, les Ardennais aiment la viande et les charcuteries ! Il faut dire que leurs forêts sont giboyeuses et qu'on peut y chasser des chevreuils, des cerfs et des sangliers.

LES BOUDINS

Voilà un plat que l'on mange dans toutes les régions belges. Le boudin noir est composé de viande, de sang de porc et d'épices. Le blanc, de viande blanche, de pain, d'œufs et de lait. On peut leur ajouter des morceaux de pomme, de spéculoos, de la cannelle, des raisins de Corinthe ou du foie gras ! Il existe aussi un boudin vert à base de chou vert frisé. Le fameux boudin-compote-purée reste une association parmi les préférées des Belges.

© Jerome Romme - Shutterstock

Le savais-tu ? Le bloedworst se traduit en français par « saucisse de sang ». C'est un boudin noir, tout comme le bloempanch, un très gros boudin qu'on coupe en tranches de 2 cm pour le poêler. On l'appelle le steak du pauvre.

KIP-KAP, KÉSACO ?

C'est un fromage de tête (on dit aussi pâté de tête ou tête pressée), très populaire à Bruxelles. Il est composé d'abats de porc (tête, pied, langue, queue…) hachés finement, cuits, mis en gelée et présentés en terrine*. Il se mange accompagné de pain d'épeautre tartiné de saindoux*. Son nom viendrait du bruit qu'on fait quand on coupe la viande : kip, kap, kip, kap !

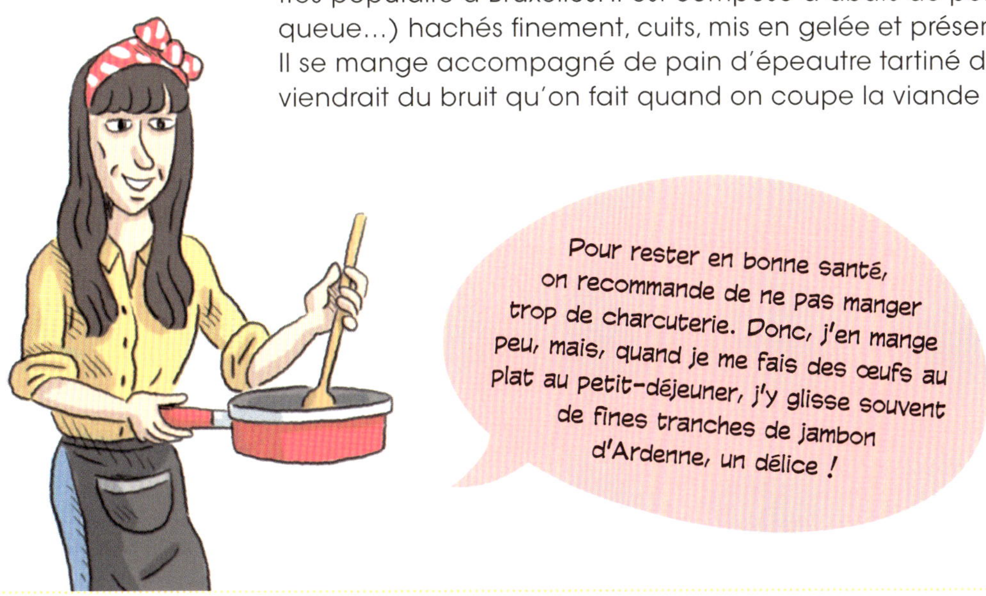

7 LES ANGUILLES AU VERT ET AUTRES PLATS DE POISSON

Avec son bord de mer de 66 kilomètres de long, ses trois fleuves, la Meuse, l'Escaut et l'Yser, et une soixantaine de rivières, la Belgique ne manque pas de recettes de poissons et de fruits de mer !

LES ANGUILLES

Les anguilles d'Europe ressemblent à des serpents avec de fines nageoires. Elles peuvent atteindre jusqu'à 1,50 m de long ! Elles naissent dans l'océan Atlantique, puis migrent jusqu'en Europe où elles remontent les fleuves, dont l'Escaut, passant d'un milieu salin à un milieu d'eau douce. Les anguilles sauvages sont une espèce menacée, mais il existe des anguilles d'élevage. Pêchées en eau douce principalement entre Anvers et Termonde, elles sont une spécialité culinaire flamande.

©Rostilav Stefanek - Shutterstock

LES ANGUILLES SE METTENT AU VERT !

Leur préparation la plus populaire s'appelle « anguilles au vert ». Ce nom vient du fait qu'elles sont cuisinées avec de nombreuses herbes qui rendent la sauce toute verte ! Chaque cuisinier a sa recette et choisit parmi le cresson, l'oseille, la sauge, le cerfeuil, la menthe, l'origan, la mélisse, le thym, la sarriette, la pimprenelle, l'estragon, le basilic, le laurier, l'aneth, la ciboulette et même, si tu vas la cueillir sans te piquer, l'ortie nouvelle !

Cela se dit « paling in 't groen » en néerlandais !

© Annette Shaff - Shutterstock

La pêche à la mouche

LES TRUITES

Les truites sont très populaires en Ardenne : on les prépare avec une sauce aux amandes grillées, ou « à l'ardennaise », en les enrobant de jambon d'Ardenne. Pêchés en étang ou en rivière, ces poissons sont aussi élevés en pisciculture*, et se nourrissent de vers et d'insectes. En rivière, les pêcheurs à la mouche essayent de les attirer en lançant sur les eaux vives un leurre qui ressemble à une mouche. Ils fouettent l'air en lançant la ligne et l'hameçon de plus en plus loin, cherchant à imiter le vol d'un insecte.

Le savais-tu ? James Ensor était un peintre ostendais connu du siècle dernier. Il a peint des personnages masqués, des paysages marins et... une mangeuse d'huîtres !

LES HUÎTRES D'OSTENDE

Comme beaucoup de villes portuaires, Ostende a produit des huîtres qu'elle a commercialisées dans toute l'Europe. Elles étaient très connues et appréciées à la fin du 19e siècle. Les bancs de ces huîtres plates ont été détruits durant la Première Guerre mondiale. Depuis peu, un ostréiculteur* a réussi à les réintroduire dans le Spuikom, un grand bassin artificiel entre Ostende et Bredene en liaison avec le port maritime.

8

LES CREVETTES GRISES

Et voici la reine des fruits de mer, le délice de la côte belge !
La petite crevette grise pêchée dans les eaux agitées et sableuses de la mer du Nord.

© Damsea - Shutterstock

QUI EST-ELLE ?

Translucide, cette petite crevette mesure de 5 à 7 centimètres et peut vivre trois ans. Elle aime les eaux peu profondes et n'hésite pas à se cacher dans le sable durant la journée. Elle mange ce qui se dépose sur le fond de mer : algues, escargots...

LA PÊCHE

Les crevettiers belges sortent de nuit. Ils tirent deux grands filets appelés chaluts qui récoltent les crevettes. Ils en ramènent 200 à 300 kilos par sortie. Les crevettes sont triées et cuites sur le bateau. Elles deviennent alors brunes. Il est possible d'embarquer sur un crevettier pour assister à la pêche. On peut aussi visiter les marchés aux poissons d'Ostende, de Zeebrugge et de Nieuport et voir la vente des crevettes à la criée !

© Conny Pokorny - Shutterstock

Un crevettier en sortie en mer

POUR DÉCORTIQUER UNE CREVETTE

Rien n'est meilleur qu'une crevette grise décortiquée au moment de la manger. Mais l'opération demande habileté et patience. Prends la crevette entre les doigts des deux mains et détache la tête en la dévissant d'un coup sec. Jette la tête. Craque la carapace restante à mi-chemin de la queue et détache celle-ci en appuyant sur son bout. Casse le cercle de carapace restante à l'endroit du ventre et puis dégage la crevette. Ça y est, tu peux la déguster !

Le savais-tu ? À Leffrinckoucke, en France près de la frontière belge, a lieu un championnat du monde de décorticage de crevettes grises ! Il faut décortiquer le plus de crevettes en dix minutes.

ET POUR ALLER PLUS VITE…

Trois ingénieurs, un Belge, un Hollandais et un Allemand, ont inventé une machine à décortiquer les crevettes. Il en existe dix. Quatre sont à Ostende et les six autres aux Pays-Bas. En réalité, la majorité des crevettes (des tonnes !) partent dans les pays du Maghreb pour y être décortiquées à la main et reviennent en avion. On est alors obligé d'y ajouter des conservateurs.

9 LES RECETTES AUX CREVETTES

Les crevettes sont délicieuses nature, tout juste décortiquées. Mais elles sont aussi la base de plusieurs spécialités qui sont devenues des incontournables du paysage culinaire de Belgique.

LES CROQUETTES DE CREVETTES

À la carte de tous les restaurants de la côte belge (et d'ailleurs !), les croquettes de crevettes sont garnies de sauce béchamel* épaisse, enrobées de chapelure et frites dans l'huile. Plus il y a de crevettes, meilleur c'est ! On les sert avec des tiges de persil passées également à la friture et un quartier de citron. Depuis peu, un concours de la meilleure croquette récompense le restaurant bruxellois qui les réussit le mieux.

© Christin Klose - Shutterstock

LE PISTOLET AUX CREVETTES

De nombreuses familles passent leurs vacances à la côte belge. Les dimanches matin, une tradition perdure : avec les croissants et diverses couques, on va acheter des pistolets frais. Ce petit pain blanc individuel est rond, léger et sa croûte, très craquante. Cette spécialité belge porte d'ailleurs le nom de « croquant » dans la province de Liège. Généreusement garni de beurre et de crevettes grises venant d'être décortiquées, il est un incontournable du petit-déjeuner balnéaire.

LA TOMATE AUX CREVETTES

Voici la recette la plus connue ! Pour une entrée, une tomate par personne suffit, mais pour un plat, compte deux, voire trois tomates si elles sont petites. On les sert avec des frites, bien entendu !

INGRÉDIENTS POUR 4 PERSONNES

- 2 tomates fraîches
- 100 g de crevettes grises
- 2 cuillères à soupe de mayonnaise
- les feuilles hachées de 2 tiges de persil
- sel et poivre

1. Avec l'aide d'un adulte, plonge les tomates quelques secondes dans une casserole d'eau bouillante. Retire-les prudemment ! Tu vas pouvoir ainsi les peler facilement. Si tu préfères le croquant de la peau des tomates, lave-les et laisse-les nature.

2. Coupe le dessus des tomates en essayant de garder la queue attachée. Vide les tomates à la cuillère.

3. Dans un bol, mélange les crevettes grises, la mayonnaise, le persil haché, du sel et du poivre. Remplis les tomates de cet appareil* de façon généreuse !

4. Dépose les couvercles par-dessus comme un chapeau et sers frais.

BON APPÉTIT !

Le savais-tu ? Le nom scientifique de la crevette grise est Crangon crangon !

J'aime imaginer des salades très simples avec des crevettes grises bien fraîches. Avec de la mangue et de l'avocat, des tranches d'agrume et des pousses d'épinard ou encore des tranches de poire et des bettes.

10 LES MOULES-FRITES

Fin mai, ça y est, les premières moules de l'année arrivent ! On les mange, accompagnées de frites, depuis la Côte jusqu'en Ardenne. Les Belges en raffolent ! C'est même devenu un plat national.

L'ÉLEVAGE DES MOULES

Ces mollusques bivalves* vivent accrochés les uns sur les autres et à un support ferme dans les eaux maritimes. Il existe des bancs sauvages qu'on peut pêcher, mais la plupart des moules que nous mangeons sont élevées par l'homme. Elles sont alors récoltées après un ou deux ans de croissance. La Belgique ne produit pas assez de moules pour sa consommation. Elle en achète beaucoup en Zélande, région néerlandaise voisine de la province d'Anvers.

© Aurélie Le Moigne - Shutterstock

L'élevage des moules s'appelle la mytiliculture.

LES DIFFÉRENTES TECHNIQUES

Les techniques les plus fréquentes pour élever les moules sont :

- **L'élevage sur filières :** les moules sont fixées sur des cordes suspendues verticalement dans l'eau.
- **L'élevage sur pieux** (ou « bouchots » en France) : les moules sont fixées sur des rangées de pieux en bois plantés dans la zone de marée basse.
- **L'élevage au sol :** les moules se fixent au sol dans des bancs marins peu profonds, généralement des baies ou des endroits abrités.

© ZCW - Shutterstock

GRATTEZ LA BARBE DES MOULES !

Avant de les consommer, il faut nettoyer les moules à l'eau claire pour éliminer le sable et arracher leurs « barbes », c'est-à-dire les filaments avec lesquels elles s'accrochent sur un point fixe : rocher, pieu ou corde. Une moule en bonne santé se referme si elle est manipulée. Si elle reste ouverte, jette-la. À l'inverse, si une moule reste fermée une fois cuite, elle ne peut pas être consommée.

© gowithstock - Shutterstock

À CHACUN SA CASSEROLE !

Dans leur préparation la plus populaire en Belgique, les moules sont servies dans une casserole individuelle surmontée d'un profond couvercle qui, une fois retourné, permet d'y jeter les coquilles vides. La recette classique est celle des moules marinières à l'échalote, céleri, persil et vin blanc. Mais il en existe des dizaines d'autres telles que les moules à la crème, à l'ail, au curry, au roquefort, à la diable... À chacun de choisir sa recette préférée !

Le savais-tu ? Aux musées royaux des Beaux-Arts, tu pourras découvrir une *Casserole rouge avec des moules* de l'artiste belge Marcel Broodthaers. Disposée sur un socle, c'est une œuvre d'art de la collection !

11 LES CHOUX DE BRUXELLES ET LES PLATS DE LÉGUMES

Le nombre de maraîchers* est en augmentation en Belgique. Tout comme l'intérêt pour les produits locaux et les circuits courts*. Voici quelques légumes et préparations bien de chez nous.

© Anton Havelaar - Shutterstock

LES CHOUX DE BRUXELLES

Une tige surmontée de feuilles et sur laquelle bourgeonnent des dizaines de petits choux, voilà la plante à choux de Bruxelles !
Ce type de chou aurait été créé au 17e siècle à Saint-Gilles. Certains l'appellent le chou à mille têtes, chaque petit chou en étant une. On peut le semer en pot ou en pleine terre. La récolte se fait de septembre à mars et comme la plante est vivace, les récoltes s'égrainent d'une année à l'autre.
C'est chou !

LE STOEMP

Voilà un plat et un mot bien de chez nous !
Le mot « stoemp » vient du néerlandais « doorgestoempte patatjes », « pommes de terre écrasées ». On le dit, lui aussi, originaire de Bruxelles. C'est un écrasé de pommes de terre auquel on a ajouté des légumes cuits et écrasés eux aussi. Le stoemp peut être aux carottes, aux poireaux, aux chicons, au chou...
Il accompagne les saucisses et le boudin noir.On y ajoute parfois des dés de lard.

LES ASPERGES DE MALINES

As-tu vu ces champs de monticules de terre d'où pointent des petites baguettes blanches ? Ce sont les champs d'asperges ! La région de Malines est réputée depuis plus de quatre siècles pour leur culture.

© Barmalin - Shutterstock

LES ASPERGES À LA FLAMANDE

L'asperge est un délice de printemps dont les Belges attendent l'arrivée avec impatience. Voici une des façons les plus populaires de la déguster.

INGRÉDIENTS (PAR PERSONNE)

- 6 asperges de Malines (asperges blanches)
- 1 œuf
- 2-3 brins de persil
- 60 g de beurre doux
- sel et poivre

1. Pèle les asperges et coupe la queue à 2-3 cm de l'extrémité. Fais-les cuire dans de l'eau bouillante salée, pendant environ 15 minutes. Elles sont cuites quand on peut enfoncer une pointe de couteau dans leur queue.

2. Cuis 1 œuf pendant 10 minutes dans de l'eau bouillante pour qu'il soit dur. Écrase-le à la fourchette. Hache les feuilles du persil et fais fondre 60 g de beurre doux. Mélange tous ces ingrédients dans une saucière ou un bol. Assaisonne de sel et de poivre.

3. Présente les asperges cuites sur une assiette. Verse la sauce sur le milieu des légumes, un peu comme si les asperges étaient entourées d'un ruban.

4. Sers-les immédiatement. Certains les mangent avec des dés de jambon cuit et des pommes de terre rissolées.

BON APPÉTIT !

Le savais-tu ? Il existe différentes variétés d'asperges : des blanches qui ont poussé entièrement sans lumière, des vertes et des violettes.

12 LE CHICON

Voilà un légume bientôt centenaire qui pousse dans le noir. Il constitue la base d'un des plats incontournables de la cuisine familiale de Belgique : les fameux chicons au gratin.

LES… COMMENT DITES-VOUS ?

Chicon ou chicorée de Bruxelles ? Les termes ne manquent pas pour parler de ce légume et prêtent à confusion chez nos voisins français qui, eux, l'appellent « endive » ! Et si on parle de witloof, tout le monde y perd son latin ! Heu… son français, puisque c'est le terme néerlandais et bruxellois qui signifie « blanche feuille ».

© Bastiaanimage stock - Shutterstock

LES CHICONS AU GRATIN

Le chicon peut se manger cuit à l'étuvée, en soupe ou braisé. Il peut aussi se déguster cru en salade. Mais c'est au gratin que les Belges le préfèrent. Les chicons cuits sont entourés de jambon et nappés de sauce béchamel* saupoudrée de fromage râpé. Le tout est gratiné au four. Pour une fois, ce plat ne se mange pas avec des frites, mais avec de la purée de pommes de terre. Nos amis français parlent, eux, de « gratin d'endives au jambon ».

1. Voir page 54.

UNE CULTURE PARTICULIÈRE

Les chicons poussent sur des racines de chicorée, la plante qui est utilisée pour faire la boisson qui remplace le café de certains grands-parents le matin. Ces racines sont plantées dans une terre humide et chaude, mélangée avec du sable, et recouverte d'une bâche pour être toujours dans le noir. C'est la technique du forçage. On les récolte après quatre semaines, quand ils atteignent 10 à 15 cm.

© Bastiaanimage stock - Shutterstock

Le savais-tu ? La confrérie* des Compagnons de la witloof promeut ce légume et toutes les façons de le manger. Elle a créé un géant folklorique représentant un cultivateur de witloofs : Kiete Witloof.

PAR HASARD ?

On dit souvent que ce légume a été découvert par hasard. Un maraîcher aurait caché, dans sa cave, ses racines de chicorée pour échapper à une taxe. Quelques semaines plus tard, elles avaient donné des pousses blanches délicieuses. En réalité, c'est une invention qui date d'il y a un peu moins de cent ans. Eh oui, à l'époque, on faisait beaucoup de recherches et d'expériences sur les plantes, notamment sur les racines de chicorée. C'est comme ça que le chicon est né.

13 LA TARTE AL DJOTE ET AUTRES SPÉCIALITÉS RÉGIONALES SALÉES

Et voici l'occasion de voyager dans toute la Belgique ! Chaque ville, chaque province, chaque région a ses spécialités. Nous t'en présentons quelques-unes parmi les plus fameuses.

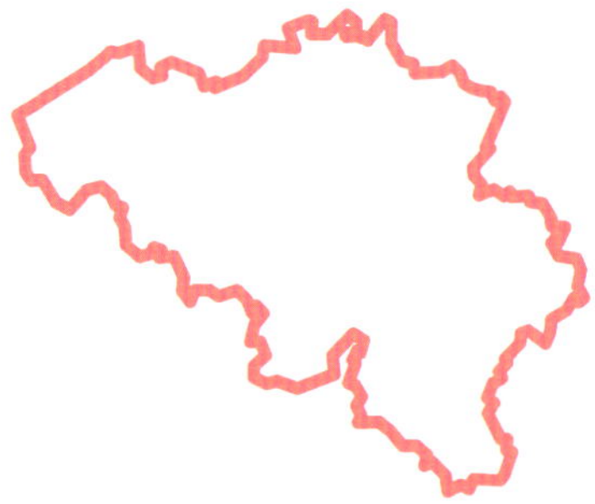

LA TARTE AL DJOTE

Cette spécialité de Nivelles est une tarte salée garnie de bettes, d'œufs et d'un fromage au lait de vache cru, appelé la boulette de Nivelles. Le tout est recouvert d'une grande quantité de beurre fondu, ce qui en fait un plat très consistant ! Tu peux la déguster en écoutant l'automate Jean de Nivelles sonner les heures au sommet de la collégiale Sainte-Gertrude. Les Nivellois sont très fiers de leur tarte et ont même fondé une confrérie qui lui est dédiée.

© AnnDcs - Shutterstock

LA SALADE LIÉGEOISE

Si tu t'imagines qu'une salade est un plat léger et diététique, ne choisis pas celle-ci ! Elle est composée de haricots princesses, pommes de terre, oignons et lardons cuits dans du beurre. Un plat copieux ! Cette salade a depuis longtemps dépassé les frontières de Liège, où elle serait apparue dès la fin du 19e siècle, pour devenir un plat apprécié partout en Belgique.

© P.Willems - FTLB

LE PÂTÉ GAUMAIS

La Gaume est la région la plus au sud de la Belgique. Depuis plus d'un siècle, on y fait des tourtes rondes de pâte levée fourrées à la viande de porc et aromatisées d'herbes et d'épices : le fameux pâté gaumais.

Tous les ans, le 26 décembre, lors de la foire aux amoureux de Virton, a lieu le concours du plus gros mangeur de pâté gaumais. Une dizaine de gourmands se confrontent : c'est à celui qui mangera le plus de tourte en 20 minutes ! Minutieusement pesée, la quantité ingurgitée peut atteindre 1,5 kg !

Le savais-tu ? Les Belges fêtent aussi le plus gros mangeur de tarte aux concombres à Anseremme, de flamiche à Dinant, de tarte al djote à Nivelles, de crochons à Onhaye et de tarte au riz de Belgrade !

LE MATOUFET

Le nom de cette spécialité de la Famenne viendrait d'un mot du dialecte local « matefaim ». Ce plat facile à préparer aurait donc pour vocation de caler les petits creux ! Il s'agit d'un mélange de lait, d'œufs, de farine et de lardons. Les recettes varient, comme souvent, selon les villes et les cuisiniers.

14 LE SUCRE ET LES CASSONADES

Le sucre se décline en sucre semoule, impalpable ou en morceaux. Mais aussi en délicieuses cassonades, blondes ou brunes. En Belgique, c'est la betterave sucrière qui est reine en matière de production de sucre.

LA BETTERAVE SUCRIÈRE

Le long des champs, en automne, tu peux découvrir des montagnes de betteraves sucrières. Au Moyen Âge, on connaissait déjà cette plante nommée « bette-rave », la rave étant la grosse racine ronde dans laquelle s'emmagasine le glucose*. La betterave blanche est principalement utilisée pour la fabrication de sucre, et la rouge est mangée en légume. Le sucre issu de la betterave est naturellement blanc.

© Igorstevanovic - Shutterstock

LES DIFFÉRENTES VARIÉTÉS

Au début du 19e siècle, la Grande-Bretagne, en conflit avec la France, refuse d'y envoyer le sucre venu des colonies. On y manque alors de sucre qui devient très cher ! Napoléon Ier va inciter les chercheurs français à extraire du sucre d'une autre plante. Ce sera chose faite en 1812 avec la betterave. À partir de ce moment, on va construire de nombreuses sucreries en France et en Belgique. De nos jours, en Belgique, on fabrique plus de 600 000 tonnes de sucre par an à partir de betteraves sucrières.

© Piyawat Nandeenopparit - Shutterstock

Des tiges de canne à sucre

CASSONADE OU VERGEOISE ?

En Belgique, on ne parle que de cassonade. En réalité, cassonade et vergeoise ne proviennent pas de la même plante sucrière. La cassonade est extraite de la canne à sucre. Naturellement rousse, elle contient des arômes de vanille et de cannelle. La vergeoise, elle, est produite à partir de la betterave sucrière et tire sa coloration de la caramélisation due à une cuisson prolongée du sucre. Elle exhale d'ailleurs des arômes de caramel !

Le savais-tu ? Chaque Belge mange en moyenne l'équivalent de 35 morceaux de sucre par jour ! Alors que, pour rester en bonne santé, l'Organisation mondiale de la santé recommande de ne pas dépasser 25 g de sucre par jour (environ 3 morceaux).

BLONDE OU BRUNE

Qu'elle soit blonde ou brune, la cassonade fait merveille sur les crêpes ou dans les tartes au sucre, et est aussi l'ingrédient principal des célèbres spéculoos. Chez nous, on l'utilise même dans certaines recettes salées comme les carbonnades flamandes, ou pour faire caraméliser les chicons.

15 LE CUBERDON ET AUTRES BONBONS

La Belgique compte plusieurs spécialités de sucreries délicieuses. Il ne faut pas trop en abuser, mais comme le chantait Jacques Brel : « Les bonbons, c'est tellement bon » !

© Marcel Derweduwen - Shutterstock

LE CUBERDON

C'est un peu le roi des étals de sucreries de Belgique. De forme conique, il ressemble à un petit nez pointu, ce qui explique son nom flamand : « neuzeke ». Il serait originaire de Flandre orientale et daterait de 1873. Les francophones le nomment cuberdon ou chapeau de curé.

IL Y A CUBERDON ET CUBERDON…

L'extérieur, d'un beau violet poudré, renferme un sirop à la framboise. Il doit être dégusté dans les trois semaines après sa fabrication pour fondre dans la bouche. L'importance de sa fraîcheur fait qu'il s'exporte difficilement. Au départ, on le faisait uniquement au goût framboise. Il est actuellement disponible dans plus d'une dizaine de saveurs. Il est aussi produit en glace, chocolat, sauce dessert et confiture !

© Adisa - Shutterstock

LES BABELUTTES

Cette friandise, sorte de caramel à la vergeoise, tient son nom du verbe néerlandais « babbelen », bavarder, car son créateur l'aurait oubliée plus longtemps que nécessaire sur le feu en papotant avec sa femme.

LE BONBON NAPOLÉON

Créé à Anvers il y a une centaine d'années, ce bonbon citronné, qu'on apprécie toujours aujourd'hui, renferme en son cœur une poudre contenant de l'acide citrique qui pique agréablement la langue.

LES BALLONS NOIRS

Spécialité tournaisienne, ce bonbon pyramidal noir aux trois sucres est très apprécié en hiver pour apaiser la gorge. Il date du 19e siècle.

Le savais-tu ? Attention ! Si tu demandes une chique, tu recevras un chewing-gum en Wallonie, mais un bonbon à Liège. Si tu veux un bonbon, demande une boule… même si elles ne sont pas toutes rondes !

16 LE SPÉCULOOS

C'est LE biscuit belge par excellence ! Réservé auparavant au mois décembre avec la Saint-Nicolas et Noël, il se mange maintenant toute l'année.

DES DIZAINES DE FORMES...

Ce biscuit doit sa belle couleur brune à la cassonade. Il est parfumé par diverses épices : cannelle, girofle, muscade, gingembre, cardamome ou anis. Certains y ajoutent même du poivre ! Si celui qu'on déguste au quotidien avec le café est le plus souvent rectangulaire, le spéculoos, qui est un biscuit moulé, a la particularité de se présenter sous des aspects très divers. Rond, rectangulaire, en forme d'animaux, d'homme ou de femme vêtus à l'ancienne, mais surtout en forme de saint Nicolas !

© MisterStock - Shutterstock

LE MOULAGE

Le moule à spéculoos artisanal est une planche plate, souvent en bois, dans laquelle est creusée la forme qu'aura le biscuit. Une fois la pâte à biscuit faite et bien épicée, on la laisse reposer au frais puis on la tasse dans le moule.
On enlève le surplus au couteau ou au fil à couper le beurre. Les moules ne vont pas au four, on doit donc en décoller le biscuit d'un coup sec avant de l'enfourner sur une plaque à four.

D'OÙ VIENT SON NOM ?

Son nom vient-il du latin « species » qui signifie épices ? Possible, puisqu'il en contient beaucoup. Ou vient-il de « speculum », le miroir, puisque, quand on sort le biscuit du moule, on inverse son image comme dans un miroir ? Ou encore d'« episcopus speculator », le titre religieux qu'avait saint Nicolas et qu'on pourrait traduire par « l'évêque qui voit tout » ? En tout cas, on ne le sait plus aujourd'hui !

Le savais-tu ? Au Moyen Âge, Bruges avait un accès direct à la mer du Nord. Dans ce port et puis dans celui d'Anvers, des millions de marchandises sont arrivées, dont les précieuses épices du monde entier.

LA FÊTE DE LA SAINT-NICOLAS

La nuit du 6 décembre, saint Nicolas passe par les cheminées des maisons belges pour récompenser les enfants sages. Ceux-ci espèrent qu'il déposera des friandises dans leurs chaussures. Parmi les mandarines, chocolats et guimauves, il y a toujours un spéculoos !

17 LA MARQUISETTE ET AUTRES BISCUITS

La Belgique est terre de biscuits. **On ne le sait pas toujours, mais certains grands biscuitiers et biscuits très connus sont originaires de chez nous.**

LES BISCUITS DE MONSIEUR DELACRE...

Fin du 19e siècle, Charles Delacre, pharmacien à Bruxelles, ouvre un magasin de chocolat – à l'époque, on vendait le chocolat comme un médicament fortifiant. En 1891, il crée une usine de biscuits. Parmi ses créations les plus célèbres, on trouve la marquisette, dont les extrémités sont recouvertes de chocolat, et la cigarette russe, en forme de rouleau creux. Si, dans la seconde moitié du 20e siècle, la famille Delacre a revendu son entreprise, on continue aujourd'hui à se régaler de ses créations.

© Wikimedia Commons.org

Une affiche d'Henri Privat-Livemont pour la biscuiterie Delacre, datant de 1896

... ET LES AUTRES !

En 1870, Edward De Beukelaer, à la tête d'une biscuiterie qui porte son nom, invente, entre autres, le Prince fourré. En 1965, son entreprise fusionne avec les biscuits Parein, et l'ensemble sera revendu 20 ans plus tard aux biscuits Lu. Le nom est oublié aujourd'hui, mais la biscuiterie Parein, créée à Anvers en 1890, a produit des douceurs qu'on mange encore de nos jours, comme le Cha-Cha, une gaufrette au caramel. Leur biscuit le plus célèbre est salé : c'est le Tuc, lancé en 1958 !

LE PAIN À LA GRECQUE…

… n'est pas grec ! Il est bruxellois. Il serait né rue du Fossé aux Loups, qui existe encore aujourd'hui et qu'on appelait « Wolfgracht » en patois flamand bruxellois. C'était le pain venant du Wolfgracht. Avec le temps, les loups (« wolf ») ont disparu du mot et « gracht » s'est transformé en « grec ». Une langue évolue tout le temps ! Mais le biscuit reste le même : rectangulaire, cassant, parfumé à la cassonade et à la cannelle et parsemé de sucre perlé.

© Wikimedia Commons.org

LA MAISON DANDOY

Avec le spéculoos et le massepain cuit, le pain à la grecque est une des spécialités de la Maison Dandoy, près de la Grand-Place à Bruxelles. Fondée en 1829, cette biscuiterie appartient à la même famille depuis sept générations ! Tous les biscuits sont faits au beurre. D'ailleurs, la magasin d'origine se trouve… rue au beurre !

Le savais-tu ? La cigarette russe devrait son nom au fait que ces biscuits sont roulés en diagonale, comme l'étaient les vraies cigarettes de Russie à l'époque.

© MisterStock - Shutterstock

LE NIC-NAC

LE biscuit des enfants belges ! C'est un tout petit biscuit rond, surmonté d'une houppette de sucre glace blanc, rose ou jaune. S'il est moulé en forme de lettres de l'alphabet (et sans houpette), on l'appelle « ABC-koekje » en Flandre : le biscuit ABC.

18

LE CHOCOLAT BELGE, DE LA FÈVE À LA PRALINE

Délicieux, il fait la renommée de la Belgique dans le monde entier ! Que ce soit sous forme de bâton ou de pralines, le Belge en mange beaucoup, en moyenne 8 kilos par an !

UN PEU D'HISTOIRE

Cultivé par les Sud-Américains depuis des siècles, le cacao a été rapporté en Europe par les conquistadors espagnols au 16e siècle. On le consommait à l'origine en tant que boisson chaude. Son goût original étant amer, on y ajoutait du sucre, mais aussi des épices. C'était alorsune boisson réservée aux riches. Dans la première moitié du 19e siècle, les fabricants belges commencent à vendre du chocolat sous forme de tablettes et de bâtons. Cette industrie florissante s'intensifie encore avec l'arrivée des fèves de cacao venant des colonies africaines.

L'INVENTION DE LA PRALINE

En 1857, le pharmacien Jean Neuhaus a l'idée d'enrober les médicaments de chocolat pour leur donner meilleur goût. Le succès est au rendez-vous. En 1912, son petit-fils, aussi prénommé Jean, a une idée de génie : il enrobe des friandises avec du chocolat. La première praline était née ! Et, en 1915, Louise Agostini, l'épouse de Jean Neuhaus, invente le ballotin. Depuis, le succès ne s'est jamais démenti.

© Wikimedi Commons.org

Le magasin de Jean Neuhaus se trouve aujourd'hui encore dans la Galerie de la Reine à Bruxelles.

© Kaiskynet Studio - Shutterstock

DU CACAO...

Le cacaoyer produit de gros fruits appelés « cabosses » qui contiennent des dizaines de graines. On laisse fermenter ces fèves, puis on les sèche et on les torréfie*. Broyées, elles donnent une pâte épaisse et liquide, appelée « masse de cacao », qu'il faut presser pour en extraire la graisse. Cette graisse, ou beurre de cacao, est utilisée en chocolaterie, tout comme la matière sèche qui reste, qui est broyée pour devenir la poudre de cacao.

... AU CHOCOLAT

Pour faire du chocolat, on mélange la masse de cacao aux autres ingrédients comme le sucre et, dans le cas du chocolat au lait, du lait bien sûr ! Après avoir été longuement remuée, cette pâte est coulée dans des moules. L'emballage indique la teneur en cacao et en beurre de cacao. Plus elle est importante, plus le chocolat est pur et goûteux.

© Syda Productions - Shutterstock

Le savais-tu ? Le chocolat blanc n'est pas à proprement parler du chocolat, car il ne contient pas de cacao. C'est un mélange de beurre de cacao, de sucre et de produits laitiers.

19

LE CHOCOLAT BELGE SOUS TOUTES SES FORMES

On connaît tous le chocolat chaud, le fondant et la mousse au chocolat. Et bien sûr, la praline, fierté nationale. Mais le chocolat se décline encore de 1 001 façons chez nous.

LE CHOKOTOFF

Caramel au chocolat enrobé de chocolat noir, le Chokotoff est une invention belge datant de 1934 qui colle agréablement aux dents. Certains l'utilisent pour faire des cakes où le chocolat est remplacé par des Chokotoff ! « C'est tof ! » diront les Bruxellois. Autrement dit : « C'est chouette ! »

Certains restaurants belges se dédient au chocolat. On le retrouve dans les entrées, les plats, les desserts et même les boissons ! Que le plat soit salé ou sucré, il contient chocolat ou cacao !

© Chatham172 - Shutterstoc

SCULPTURES EN CHOCOLAT

Pour Pâques, la Saint Nicolas et d'autres fêtes, on trouve dans toutes les pâtisseries belges des sujets traditionnels en coquille de chocolat. Mais à Bruxelles, tu trouveras toute l'année des Manneken-Pis dont certains mesurent plusieurs dizaines de centimètres. Ces coquilles sont vides, contrairement au Manneken-Pis de 2,50 mètres qui a un jour été sculpté dans un bloc de chocolat d'une tonne !

UN DÉFILÉ PAS COMME LES AUTRES !

Chaque année, à Bruxelles, des top-modèles défilent en robes en chocolat. Pas ou peu de tissu mais des plaques, des tubes, des pétales et des perles de chocolat noir, brun ou blanc. Stylistes et chocolatiers s'épaulent pour réaliser des créations à couper le souffle. Enfin, pas trop, parce que ça sent bon, le chocolat !

© Goran Bogicevic - Shutterstock

Le savais-tu ? En 1831, Antoine Jacques est le premier à vendre du chocolat sous forme de bâtons. D'ailleurs, l'expression « bâton de chocolat » est belge. Les Français parlent de « barre ».

UNE FONDUE POUR FAIRE LA FÊTE !

Il existe des fontaines qui font jaillir du chocolat chaud. On laisse couler le chocolat sur des biscuits, des fruits ou des guimauves et... on déguste ! Même sans fontaine, tu peux goûter ces délices à la maison grâce à un caquelon à fondue.

INGRÉDIENTS POUR 4 PERSONNES

- 150 g de chocolat noir ou au lait, belge bien entendu !
- 10 cl d'eau ou de lait
- 2 bananes
- 1 pomme
- 1 poire
- 1 clémentine
- 8 fraises

1 Casse le chocolat en petits morceaux. Place-le dans le caquelon à fondue avec l'eau ou le lait.

2 Lave les fruits. Coupe la pomme et la poire en quatre, et épépine-les. Coupe les bananes, les poires et les pommes en morceaux de 2 cm. Enlève la queue des fraises. Épluche les clémentines et sépare les quartiers.

3 Présente joliment tous les morceaux de fruits sur un plateau.

4 Avec l'aide d'un adulte, allume le feu sous le caquelon. Fais fondre le chocolat sans cesser de remuer. Ta fondue est prête.

Chaque convive reçoit une pique à fondue pour y fixer un morceau de fruit qu'il plonge dans le chocolat. Mais attention ! Celui qui perd son morceau de fruit dans le caquelon doit faire un gage ! Lequel ?... À toi de choisir !

BON APPÉTIT ET BON AMUSEMENT !

20 LES COUQUES ET LES PÂTISSERIES

Dès qu'on rentre chez le boulanger-pâtissier, on est envahi d'odeurs douces et sucrées. Et si la cuisson se fait sur place, c'est encore plus délicieux ! Mais quelles sont les spécialités de Belgique ?

© Margouillat photo - Shutterstock

VOULEZ-VOUS UNE COUQUE ?

Il y a la file devant les boulangeries les dimanches matin. Les Belges vont acheter des couques ! Ce petit mot sympathique qui vient du néerlandais « koek » (gâteau) désigne les viennoiseries de nos voisins français. Les plus connues sont les couques au chocolat, aux raisins secs ou au beurre. La couque suisse, contrairement à son nom, est bien de chez nous : ronde ou allongée, elle est fourrée de crème pâtissière et de raisins secs. On l'appelle aussi « bolus ».

COUGNOU, CRAMIQUE ET CRAQUELIN

« Mirou ! » Non, ce n'est pas le nom d'un chat, c'est le nom du cougnou à Malmedy. Cette brioche, dégustée à la Saint-Nicolas et à Noël, a la forme d'un bonhomme et est parfois surmontée d'un petit Jésus en sucre. Selon les régions, on l'appelle aussi « cougnole » ou « couque de Jésus ». Le cramique est un autre pain brioché, aux raisins secs. Le craquelin, son cousin, est parsemé, lui, de sucre perlé. À ne pas confondre avec le craquelin français, qui est un biscuit dur et croquant !

© Mariyana M - Shutterstock

BOULE DE BERLIN OU DE L'YSER ?

Ce beignet fourré, généralement de crème chez nous, mais parfois aussi de confiture, doit son nom de « boule de Berlin » à son origine allemande. Suite à la Première Guerre mondiale, les Belges changèrent son nom en « boule de l'Yser ». Ils rendaient ainsi hommage aux combattants du front de l'Yser et au roi Albert 1er qui cherchaient à empêcher les soldats allemands de continuer leur route vers la France en 1914.

LE BODDING, RECETTE ANTIGASPI

De tout temps, on a cherché à utiliser les restes de nourriture. Spécialité de Bruxelles, le bodding est un dessert réalisé avec des restes de boulangerie. Le boulanger découpe grossièrement leurs invendus de couques, pains et cramiques et les malaxe avec un mélange de lait chaud, d'œufs, de cannelle et de cassonade avant de les cuire. Parfumée au rhum, cette espèce de cake est parfois appelée « pudding de pain perdu ». Un délice recyclé, en quelque sorte !

Le savais-tu ? Les Belges appellent « gosette » le carré de pâte feuilletée fourrée de compote de pommes que les Français appellent « chausson ». On en trouve aussi à l'abricot ou aux cerises.

21 LES GAUFRES

Qu'elles soient de Liège ou de Bruxelles, les gaufres sont des fleurons de notre gastronomie, que tous les touristes en visite en Belgique veulent goûter. Elles sont connues dans le monde entier : on en trouve jusqu'à New York et au Japon !

LA FABRICATION

La recette de la pâte est différente selon la sorte de gaufres. La pâte peut être liquide, ou solide comme de la pâte à pain ; on la coupe alors en morceaux appelés « pâtons ». On place le pâton ou on verse la pâte à la louche entre les plaques de cuisson chauffées du gaufrier. Une fois cuites, les gaufres sont sorties du moule à gaufres avec une fourchette ou une pique, et mangées chaudes ou refroidies selon les goûts ou les habitudes.

© Judekoko - Shutterstock

LA GAUFRE DE BRUXELLES

Servie chaude, elle est ultra-légère et croustillante ! Tu pourras choisir d'y ajouter des fruits, de la saupoudrer de sucre impalpable ou de la napper de crème chantilly. Si tu es très gourmand, tu la dégusteras avec un chocolat chaud ! Elle est le plus souvent rectangulaire, mais il existe à Knokke et le long de la côte belge une recette assez proche pour laquelle on utilise des moules en forme de cinq cœurs réunis.

© volodyar - Shutterstock

LES GAUFRES DE LIÈGE

Ces gaufres, épaisses et denses, sont truffées de sucre perlé. Difficile de résister à leur odeur quand elles cuisent. On les trouve dans des petits stands, dans les kermesses, dans les gares, dans les entrées de grands magasins… Bref, un peu partout en Belgique ! Certaines firmes exportent dans le monde entier non seulement les gaufres, mais aussi les pâtons qui seront cuits dans les pays de consommation.

LES LACQUEMANTS

À Liège, il existe une autre sorte de gaufre très populaire : les lacquemants. Ces gaufrettes souples, parfumées à la fleur d'oranger, sont fourrées et dégoulinent de sirop de sucre candi. Inventées par Désiré de Lille qui les a introduites à Liège, sa ville natale, elles sont présentes sur toutes les fêtes foraines importantes. On les déguste chaudes au son des musiques des attractions et des cris de joie et d'excitation des badauds !

Le savais-tu ? « Gaufre » viendrait de « walfre », un mot de l'ancien francique, ancêtre du néerlandais et des dialectes flamands. Dans ces langues, on parle actuellement de « wafel ». En français, le mot a évolué en plusieurs étapes pour devenir « gaufre ».

22

LA TARTE AU SUCRE ET AUTRES TARTES

Si le Belge aime faire la fête dans les kermesses, soirées et autres festivités, il aime aussi inviter sa famille et ses amis. Comme goûter ou comme dessert, les tartes sont appréciées et célèbres !

LA TARTE AU SUCRE

On en trouve sur tout le territoire belge, mais chaque région la décline à sa manière. On la confectionne au sucre blanc à Bruxelles, ou au sucre roux ou à la cassonade comme à Chaumont-Gistoux. La tarte au sucre a même sa confrérie à Waterloo. Celle de Verviers s'appelle le vaution. Toutes se dégustent tièdes ou froides.

LA TARTE AUX NOIX DE BASTOGNE

Le 22 décembre 1944, l'armée allemande encercle Bastogne et les troupes américaines qui protègent la ville. Mais le général américain McAuliffe refuse de se rendre et déclare aux émissaires* allemands : « Nuts ! », ce qui signifie en argot « des noix », autrement dit : « Vous êtes fous » ou « Allez en enfer ! ». C'est en hommage à ce moment historique que Bastogne organise une fête aux noix tous les ans en décembre et a imaginé sa tarte aux noix !

LA TARTE AU RIZ

Originaire de la région de Liège, mais prisée dans toute la Belgique, cette tarte consistante daterait du 17e siècle. On l'appelle aussi « blanke doréye », ce qui signifie « tarte blanche » en wallon liégeois. C'est une pâte levée ou brisée garnie d'une épaisse couche de mélange de riz au lait et d'œufs. À Verviers, on cuit le riz dans du lait des vaches du plateau voisin, celui de Herve. Et la recette y est fièrement défendue par la confrérie La Seigneurie de la Vèrvî-Riz.

© Peter Bocklandt - Shutterstock

LA TARTE AU MATON

À Grammont, on est très fier de la tarte au maton ! Son nom vient du néerlandais « matt » qui signifie lait caillé, et n'a donc rien à voir avec le maton, gardien de prison. Pour la réaliser, on garnit un fond de pâte feuilletée de maton, un mélange de lait cru et de lait battu qu'on fait cailler, et auquel on ajoute du sucre blanc, des œufs et de la vanille. Sa texture ressemble à celle de la frangipane. On trouve aussi beaucoup de tarte au maton dans la région d'Ath.

Le savais-tu ? À Verviers, on ajoute parfois des macarons écrasés dans et sur le riz au lait de la tarte au riz. Dans le Limbourg, ce sont des fruits rouges, principalement des cerises !

23 LA COUQUE DE DINANT ET AUTRES SPÉCIALITÉS RÉGIONALES SUCRÉES

Découvrir le patrimoine culinaire sucré est un prétexte de plus pour sillonner la Belgique. Chaque ville, chaque région réserve au visiteur une spécialité tout en douceur.

LA COUQUE DE DINANT

Cette couque-ci n'est pas une viennoiserie, mais un biscuit à base de farine et de miel. Et attention à vos dents, il est très, très dur ! On le mange en le trempant dans un thé ou en le grignotant millimètre par millimètre. C'est le miel caramélisé qui le durcit ainsi et rend sa conservation presque aussi longue que celle d'un bonbon.

Dinant

EN DÉCO AUSSI !

Les moules de couques de Dinant, tout comme ceux des spéculoos, sont gravés dans du bois de hêtre, de poirier ou de noyer. Le sculpteur-ébéniste entame le bois plus ou moins profondément selon la pâte qui y sera cuite. Il dessine le motif avec divers burins*. Représentant des fleurs, des fruits, des objets, des personnages ou des animaux, la couque de Dinant est tellement jolie que certains l'utilisent comme décoration.

LES BAISERS DE MALMEDY

Après les couques dures, voici de doux baisers tout sucrés ! Deux petites meringues ou macarons sont fourrés de crème au beurre parfumée à la vanille ou au café. Un cadeau pour les amoureux ?

LES BOUQUETTES LIÉGEOISES

Appelées aussi « vôtes », ce sont des crêpes de sarrasin épaisses, frites à la poêle. On y insère parfois des raisins secs. On les mange avec du café ou... du péket, une eau de vie de baies de genévrier qu'on boit tout spécialement lors des fêtes du 15 août, à Liège. Attention, c'est un alcool très fort ! Oufti !

Le savais-tu ? Dans tout le pays, tu trouveras du café liégeois, mais cette glace au café n'est pas originaire de Liège. On le nommait viennois jusqu'à la Première Guerre mondiale. Il fut alors rebaptisé pour honorer le courage des combattants liégeois en 1914.

LA DENTELLE DE BRUGES

À Bruges, tu trouveras des tuiles d'amandes et de noisettes caramélisées qui sont si fines qu'elles ressemblent à de la dentelle. Les Flamands les appellent « kletskoppen », « crânes chauves ». Les dentelières de Bruges en croquent certainement, mais pas quand elles font virevolter leurs fuseaux* pour créer leurs dentelles de coton !

© cge2010 - Shutterstock

Bruges

24 LES POMMES ET AUTRES FRUITS

La Belgique produit poires et pommes en grandes quantités. En te promenant en Belgique, tu découvriras aussi des champs de fraises ou des myrtilles sauvages. De quoi faire le plein de vitamines !

© Arina P Habich - Shutterstock

LES POMMES ET LES POIRES

Ces deux fruits du verger sont consommés dans le pays ou exportés. On les transforme aussi en sirop, jus ou cidre. En tête de la production de pommes en Belgique, on trouve la Jonagold, à la chair croquante et juteuse, légèrement acidulée et très sucrée. Citons aussi la Boskoop, parfaite pour les compotes, ou la juteuse et jaune pâle Golden. Depuis 2021, la Belgique produit encore plus de poires que de pommes : plus de 330 000 tonnes par an !

LE SIROP DE LIÈGE

Les jus de pommes et poires sont les ingrédients de base du sirop de Liège. Certains fabricants y ajoutent des dattes ou des abricots. Cette spécialité du plateau de Herve est une espèce de gelée brune et épaisse, bien sucrée et collante ! On en trouve déjà trace écrite en 1615 ! Sur une tartine beurrée, en filet coulant sur un fromage de chèvre chaud ou sur du Herve, comme liant de la sauce des boulets… les Liégeois l'utilisent de mille façons différentes.

LES FRAISES DE WÉPION

La fraise de Wépion n'est pas une espèce particulière de fraise. Ce nom vient de la région où elle est cultivée depuis la fin du 19e siècle. À Wépion et dans les communes voisines, on cultive ainsi diverses variétés de fraises. Les premières récoltes en mai sont faites sous serre et puis, jusqu'en octobre, en plein air. Elles sont cueillies le matin pour être vendues aux grossistes à la criée le soir même. Tout un spectacle !

Le savais-tu ? En 1964, le peintre surréaliste René Magritte nous surprend en interrogeant le rapport entre une image et son titre. *Ceci n'est pas une pomme* est en effet un tableau de pomme, et non une pomme !

LES MYRTILLES SAUVAGES

Elles se récoltent en juillet-août en Ardenne et en Campine avec un peigne qui ratisse les buissons sur lesquels elles poussent. Ces petites baies noires donnent une langue bleu foncé quand on les mange ! Elles ont leur confrérie et leur fête à Vielsalm, tous les 21 juillet. On y raconte qu'une vieille dame aurait offert du tcha-tcha, une panade aux myrtilles, à des jeunes revenus bredouilles de la cueillette. La vieille était en fait une macralle, une sorcière, et les jeunes ont été ensorcelés !

Un peigne à myrtilles

25

LES FROMAGES BELGES, DU LAIT À L'ASSIETTE

On ne le sait pas toujours, mais la Belgique produit des centaines de fromages différents dont le nombre et la qualité lui permettent de rivaliser avec la France ou les Pays-Bas. Et tout commence avec un produit d'exception : le lait.

LES VACHES LAITIÈRES

En Belgique, même si on fabrique aussi des fromages de chèvre et de brebis, c'est la vache qui procure l'essentiel du lait et des produits laitiers que nous consommons. Et on y élève plus de 600 000 vaches laitières ! Savais-tu que chaque vache ingère quotidiennement 80 kilos de végétaux, ainsi qu'un centaine de litres d'eau ? Elle passe entre 12 et 16 heures à manger et ruminer. Elle peut ainsi donner en moyenne 30 litres de lait par jour.

© fran_kie - Shutterstock

Le temps de l'affinage

LA FABRICATION DU FROMAGE

Pour fabriquer du fromage, on mélange du lait à de la présure* – un produit qui le fait cailler, c'est-à-dire qui le rend presque solide. Parfois, on le cuit, parfois pas. Ensuite, tout est question de savoir-faire, mais aussi de temps : le temps de l'affinage, c'est-à-dire de maturation, qui est différent pour chaque produit.

UNE GRANDE VARIÉTÉ

Il existe des fromages à pâte molle ou à pâte mi-dure ou dure, et des fromages dont la pâte est parsemée de moisissures comestibles, appelés « bleus ». Certains sont doux au goût, d'autres forts et piquants. Si tu veux organiser un « repas fromage », choisis un peu de chaque sorte, du bon pain, quelques fruits secs et invite tes amis. Voilà un repas qui demande peu de préparation et qui est très convivial !

LA FOIRE AGRICOLE DE LIBRAMONT

Sans agriculteurs, nous n'aurions rien dans nos assiettes ! Chez nous, ils ont leur fête annuelle : la Foire agricole de Libramont, dans la province du Luxembourg. Cette foire en extérieur réunit des centaines d'exposants qui font des démonstrations, proposent des dégustations et participent à des concours. Tu pourras y découvrir du matériel agricole, dont des tracteurs aux roues plus hautes que toi ! Et aussi des centaines d'animaux dont nos fameuses vaches laitières.

Un tracteur en action dans un champ

© Valentin Volkov - Shutterstock

Le savais-tu ? Dans la plupart des restaurants belges, tu trouveras des croquettes au fromage. Elles sont souvent faites avec un fromage connu de la région du restaurateur.

26 UN PLATEAU DE FROMAGES BELGES

Il existe plus de 500 fromages belges différents ! De quoi dresser une table qui n'en finit pas ! Voici quelques morceaux choisis pour composer un appétissant plateau de fromages de chez nous.

LES FROMAGES D'ABBAYE

Les moines ont beaucoup contribué au développement de la production de fromages en Belgique. On trouve encore plusieurs fromages d'abbaye aujourd'hui. En voici trois, célèbres, fabriqués à base de lait de vache. Créé en 1953, le fromage de Maredsous est un fromage mi-dur, à la pâte souple et jaunâtre. Mi-dur lui aussi, le fromage de Chimay a une forme ronde. Fabriqué depuis 1928, le fromage d'Orval a pour ancêtre la recette du fromage des moines de Port-du-Salut, mise au point en 1816.

LE FROMAGE DE HERVE

Sur le plateau de Herve, on produit le fromage le plus connu de Belgique, à cause de son parfum qui est... disons très fort ! Moelleux avec une croûte collante, certains disent qu'il pue, mais d'autres le dégustent avec délice, seul ou surmonté d'un filet de sirop de Liège ! Depuis 1996, il est le seul fromage belge à bénéficier d'une AOP (appellation d'origine protégée).

LE PLATTEKAAS OU LA MAQUÉE

Ce fromage blanc très frais s'appelle « plattekaas » en Flandre et à Bruxelles, et « maquée » en Wallonie. Ce nom vient du verbe wallon « maker » qui signifie « frapper », « battre », et fait référence à sa fabrication. On fait cailler* du lait entier cru en le mélangeant à de la présure*. On l'égoutte, puis on le rend crémeux en le fouettant légèrement. Et voilà ! On le mange sur une tartine nappée de sucre ou de miel ou de coulis de fruits rouges. Mais aussi en version salée. En voici une recette.

LES TARTINES DE PLATTEKAAS À LA BRUXELLOISE

INGRÉDIENTS POUR 4 PERSONNES

• 4 grandes tranches de pain de campagne blanc ou mi-gris • 250 g de plattekaas • 1 botte de radis • 4 brins de ciboulette • (facultatif*) 1 oignon de printemps (si tu aimes son goût un peu piquant) • sel et poivre

1. Tartine les tranches d'une épaisse couche de plattekaas (un demi-centimètre d'épaisseur). Poivre et sale à ton goût.

2. Lave les légumes. Coupe les extrémités des radis (les fanes et les radicelles). Prépare l'oignon de printemps : coupe les tiges vertes et les filaments situés sous le bulbe, puis retire la première pellicule de peau.

3. Découpe les radis, les brins de ciboulette et l'oignon de printemps en tranches fines.

4. Répartis les tranches de radis, la ciboulette et l'oignon de printemps sur les 4 tartines. Tu peux t'amuser à composer des « dessins » avec les ingrédients : un personnage, des ballons…

C'EST PRÊT ! BON APPÉTIT !

Le savais-tu ? La Belgique produit des fromages à la bière. Celle-ci peut être injectée dans le fromage ou ajoutée au lait caillé en début de fabrication. On lave aussi la croûte de certains fromages avec de la bière pour leur transmettre son goût.

27 LA BIÈRE BELGE

Aussi connue que le chocolat et inscrite au patrimoine vivant de l'Unesco* depuis 2016, la bière belge s'exporte dans le monde entier !

LA FABRICATION DE LA BIÈRE, OU BRASSAGE

L'ingrédient principal de la bière est le malt. On obtient du malt en faisant germer et sécher une céréale, le plus souvent de l'orge. Concassé en farine et mélangé à de l'eau, le malt est cuit dans de grandes cuves en cuivre ou en inox, pour transformer l'amidon qu'il contient en sucre. Ensuite, on ajoute de la levure qui transforme le sucre en alcool et en gaz carbonique : c'est ce qu'on appelle la fermentation. Enfin, l'ajout de houblon aromatise la bière tout en lui assurant une bonne conservation.

© New Africa - Shutterstock

Ajout de houblon dans un brassin. Le houblon est une plante grimpante qui peut atteindre 12 mètres de haut !

LE ROI DE LA BIÈRE

Les Belges sont très fiers de leurs bières, ils les utilisent même abondamment en cuisine[1]. Symbole de cette fierté et patron des brasseurs, Gambrinus est le roi de la bière. C'est un personnage fictif inspiré de Jean 1er, duc de Brabant (1253-1294). Assis sur un tonneau de bière et levant une chope pleine, il symbolise la rondeur et la joie de vivre des amateurs de bière. Pour peu qu'ils la consomment avec modération…

1. Comme dans les boulets sauce Lapin, par exemple (page 16).

© Ozgur Coskun - Shutterstock

UNE MULTITUDE DE VARIÉTÉS

La Belgique produit plus de 2000 bières différentes, qu'elles soient industrielles ou artisanales. On peut classer les bières selon de nombreux critères. Par exemple, leur couleur : bières blanches, blondes, ambrées, brunes... Ou encore le taux d'alcool, qui peut varier selon la fermentation. Aujourd'hui, on brasse même des bières sans alcool !

LES BIÈRES SPÉCIALES

Ce sont des bières fabriquées en utilisant des techniques de brassage particulières. Parmi elles, citons les bières Lambic, pour lesquelles on ne doit pas ajouter de levure puisque la fermentation est enclenchée par des micro-organismes présents naturellement dans l'air de la région bruxelloise. Très réputées, les bières trappistes, elles, sont des bières brassées au sein d'une abbaye qui est toujours en activité. Il n'en existe que douze au monde, et six sont belges !

© ciwoa - Shutterstock

Une cuve de brassage dans une abbaye de Belgique

Le savais-tu ? ***Le mariage de Mademoiselle Beulemans*** **est une pièce de théâtre comique belge, créée en 1910, qui se passe dans le milieu des brasseurs bruxellois. On la joue encore de nos jours et la télévision belge la rediffuse tous les ans !**

LES EAUX

La Belgique produit de nombreuses eaux minérales vendues en bouteilles. Très connues, elles sont consommées dans le pays, mais aussi exportées. L'eau est d'ailleurs appelée « l'or bleu » de la Wallonie.

© Colin Bax Photography - Shutterstock

La cascade de Coo, au cœur de l'Ardenne bleue

UN PATRIMOINE D'UNE RICHESSE INSOUPÇONNÉE

En Belgique, les nappes phréatiques* sont nombreuses et beaucoup de sources affleurent au sud du territoire. Une région est particulièrement gorgée d'eau, on l'appelle l'Ardenne bleue. Elle couvre tout l'est de la Wallonie, entre la vallée de la Basse-Meuse et la frontière allemande. Située en son cœur, Verviers est surnommée « capitale wallonne de l'eau ».

LES SOURCES

Certaines sources ne donnent qu'un filet d'eau minérale non exploitable, alors que le jaillissement d'autres peut se calculer en plusieurs mètres cubes par heure. Certaines offrent des eaux plates et d'autres des eaux naturellement pétillantes. Il en existe même qui jaillissent chaudes ! Les eaux minérales ont des goûts différents selon leur concentration en minéraux : sel, calcium, fer, magnésium… Goûtes-en plusieurs pour choisir ta préférée !

© Cozine - Shutterstock

PRENDRE LES EAUX

Depuis l'époque des Romains, on va en cure thermale pour soigner l'un ou l'autre souci de santé. Le médecin prescrit des bains d'eau ou de tourbe, ou demande de boire une certaine quantité d'eau particulière par jour. Mais ces cures ne sont pas toujours agréables... L'eau ferrugineuse, par exemple, malgré ses vertus pour la santé, a un goût d'œuf pourri. Sa source est appelée « pouhon ».

LES SOURCES DE SPA

Les pouhons et les sources ont fait la réputation de la ville de Spa. Le plus célèbre est le pouhon de Pierre le Grand, du nom du tsar russe qui profita de ses bienfaits en 1717. Aux 18e et 19e siècles, époque où les cures étaient très à la mode dans la bourgeoisie et l'aristocratie, les curistes à qui son eau était prescrite mangeaient de l'anis, de la coriandre ou des écorces d'oranges pour supporter son goût écœurant.

© kristof lauwers - Shutterstock

Le bâtiment qui abrite le pouhon Pierre le Grand est aujourd'hui l'office de tourisme de Spa.

Le savais-tu ? La ville de Spa doit peut-être son nom au latin « spargere » qui veut dire « jaillir ». En raison de la célébrité de ses sources et de ses cures, le mot « spa » désigne de nos jours tout centre thermal curatif ou de bien-être.

29 LE BARBECUE ET AUTRES FESTINS

Depuis des siècles, le Belge a une réputation de bon vivant et de gros mangeur. Même la peinture et la littérature en témoignent ! Aujourd'hui, le barbecue perpétue cette tradition de repas festif.

LES FESTINS BELGES EN PEINTURE...

Beaucoup d'œuvres d'art de chez nous reflètent le caractère festif et gourmand des Belges. Ainsi, au 16e siècle déjà, Pieter Bruegel, dit l'Ancien, a peint de nombreux tableaux de banquets et de fêtes. Ces scènes joyeuses fourmillent de détails amusants et… de plats délicieux. Au siècle suivant, c'est David Teniers, dit le Jeune, qui représente des scènes de cafés et de « joyeux buveurs ».

Pieter Bruegel (1525-1569), *Le repas de noces*

David Teniers le Jeune (1610-1690), *Paysan tenant un verre*

...ET EN LITTÉRATURE

S'il ne faut parler que d'un auteur, ce sera Charles De Coster (1827-1879), le premier grand écrivain de la jeune Belgique. Dans La légende de Thyl Ulenspiegel, il décrit un personnage farceur, courageux et épris de liberté qui aime faire ripaille, autrement dit manger bien et beaucoup. Typiquement belge !

LE BARBECUE, UN ART DE VIVRE

Le barbecue n'est certes pas typiquement belge. Mais il est vrai que, dès que le soleil pointe son nez, le Belge aime préparer ces grands festins, organisés autour d'un gril et où se côtoient brochettes, saucisses, pommes de terre en chemise, salades et sauces de toutes sortes[1]. Ces repas représentent bien ce que le Belge aime dans la cuisine : manger – parfois beaucoup – en faisant la fête, entouré de sa famille et de ses amis.

Le savais-tu ? Il existe en Belgique plusieurs industries prestigieuses qui fabriquent ce qu'il faut pour dresser une table somptueuse : de la vaisselle, de l'argenterie, des cristaux et du linge de table haut de gamme. Le plaisir des yeux fait aussi partie du bien manger !

LA CUISINE À TOUS LES COINS DE RUE

S'il fallait un indicateur de plus de l'importance de la cuisine dans la vie quotidienne des Belges, il suffit de se promener. En Belgique, des dizaines de rues portent des noms de nourriture. Elles indiquent aussi les lieux où des marchés ou des magasins d'alimentation existaient, parfois dès le Moyen Âge. On trouve ainsi des rues au Beurre, aux Choux et au Poivre, du Marché aux Poissons, du Marché aux Poulets, des Bouchers ou des Poissonniers...

1. Si tu veux en savoir plus sur les sauces que préfèrent les Belges, retourne voir page 11.

30 LA SALADE TOURNAISIENNE ET AUTRES PLATS DE FÊTES

Les Belges aiment faire la fête et bien manger fait partie de l'événement ! Certains plats ne sont cuisinés qu'en ces occasions spéciales. En voici quelques morceaux choisis.

© Vadim Nefedoff - Shutterstock

LA SALADE TOURNAISIENNE

Le lundi qui suit l'Épiphanie*, Tournai fête le « Lundi perdu ». Ce jour-là, on mange un repas traditionnel : une saucisse en entrée, du lapin aux pruneaux et aux raisins, une salade tournaisienne et, en dessert, une galette des rois. Cette salade typique se compose de salade de blé (le nom belge de la mâche), de chicons, de chou rouge, de pommes et de gros haricots blancs. Certains y ajoutent de la betterave rouge ou encore du céleri-rave.

LA CARICOLE

Sur les foires et marchés bruxellois, on trouve parfois une charrette de marchand de caricoles. Cuits sur place, vendus par six ou douze, ce sont des fruits de mer – bulots ou bigorneaux – servis dans un bouillon de céleri très poivré. On perçoit leur fumet particulier bien avant de voir la charrette.

LES CROUSTILLONS

Ces beignets ne sont pas spécifiquement belges, mais ils sont vendus sur toutes les kermesses du pays ! Confectionnés en ajoutant un peu de bière dans leur pâte, ils sont frits et servis très chauds, saupoudrés de sucre glace.

KNAPKOEK

Maaseik, dans la province du Limbourg, organise chaque année la fête de ce biscuit rond, fin et croquant que les knapkoekers recouvrent de sucre. Ce jour-là, costumés et curieusement chapeautés, ces boulangers-pâtissiers font cuire un knapkoek géant de trois mètres de diamètre qu'ils partagent avec tous les spectateurs.

Le savais-tu ? Le jour de l'an, à Liège, on mange de la choucroute et on place une pièce d'argent sous son assiette afin d'attirer la chance et l'argent pour toute l'année !

LA TARTE À MASTELLES

Lors de la ducasse d'Ath, on fait la fête jusque dans les cuisines ! Ce jour-là uniquement, on prépare la traditionnelle tarte à mastelles, faite d'une pâte feuilletée garnie de pain, macarons émiettés, amandes pilées, sucre vanillé, et parfois de raisins de Corinthe.

© Daniel71953 - Wikimedia Commons.org

GLOSSAIRE

AMIDON Glucide (sucre) contenu dans les végétaux sous forme de très petits grains qui, broyés dans de l'eau chaude, donnent une sorte de colle.

BÉNÉDICTION Prière par laquelle quelqu'un ou quelque chose est béni par un prêtre, c'est-à-dire placé sous la protection de Dieu.

AIGRE-DOUX À la fois acide et sucré.

APPAREIL En cuisine, mélange d'aliments divers servant à la préparation d'un plat (appareil à quiche, appareil à cake...).

BIVALVE Qui a deux valves, qui a une coquille composée de deux parties.

BURIN Outil formé d'un morceau d'acier allongé, qui sert à couper des métaux ou à faire de la gravure.

CAILLER Devenir presque solide.

CIRCUIT COURT Dans le domaine du commerce de produits agricoles, on parle de circuit court lorsque l'acheteur achète les produits directement au producteur, ou lorsqu'il n'y a qu'un seul intermédiaire (le commerçant) entre le producteur et l'acheteur.

CONFRÉRIE Association de personnes unies par un lien. Ce lien peut être un métier (confrérie de boulangers), une tradition, un folklore...

CONQUISTADOR Aventurier espagnol ou portugais qui partit à la conquête de l'Amérique au 16e siècle.

ÉMISSAIRE Personne chargée d'une mission officielle.

ÉPIPHANIE Fête catholique qui commémore la manifestation de Jésus enfant aux Rois mages qui étaient venus l'adorer. Le nom vient d'un terme grec qui signifie « manifestation, apparition ».

FACULTATIF Qui n'est pas obligatoire.

FUSEAU Petite bobine de fil à coudre ou à broder.

- **GLUCOSE** Sucre (glucide) très répandu dans la nature, source d'énergie essentielle à l'organisme.
- **MARAÎCHER** Personne qui cultive des légumes pour les vendre.
- **MIJOTER** Cuire très longtemps, à petit feu.

- **OSTRÉICULTEUR** Personne qui élève des huîtres.
- **PASTICHER** Imiter le style et la manière d'un écrivain, d'un artiste.
- **PHRÉATIQUE** Une nappe d'eau phréatique, c'est une nappe d'eau souterraine qui alimente des sources et des puits.
- **PISCICULTURE** Élevage des poissons.
- **PRÉSURE** Substance extraite de l'estomac des jeunes ruminants, contenant un enzyme qui fait cailler le lait.
- **ROUX** Mélange de farine et de matière grasse (beurre), coloré à feu doux et puis mouillé d'eau, de bouillon ou de vin pour obtenir une sauce plus ou moins épaisse.
- **SAINDOUX** Graisse de porc fondue.
- **SAUCE BÉCHAMEL** La béchamel est une sauce blanche à base de lait.
- **TERRINE** Récipient assez profond en terre cuite. Nom du pâté cuit dans ce récipient.
- **TORRÉFIER** Faire griller. La torréfaction est le fait de torréfier un ingrédient (cacao, café…).
- **UNESCO** Organisation des Nations unies pour l'éducation, la science et la culture. Elle se consacre notamment à l'enseignement, à la lutte contre le racisme, à la défense des droits de l'homme et à la préservation du patrimoine culturel mondial.

CRÉDITS PHOTOGRAPHIQUES

Avant-propos : © Jack Jelly – Shutterstock ; © AS Food studio – Shutterstock ; © Gowithstock – Shutterstock ; © Bastiaanimage stock – Shutterstock ; © MisterStock – Shutterstock ; © Adam J – Shutterstock

Sommaire : © Volodyar – Shutterstock ; © Ozgur Coskun – Shutterstock ; © Picture Partners – Shutterstock ; © Syda Productions – Shutterstock ; © Bastiaanimage stock – Shutterstock ; © Marcel Derweduwen – Shutterstock

Les éditions Auzou remercient chaleureusement
Monsieur Pierre Leclercq, historien de l'alimentation,
pour sa relecture attentive des textes, ainsi que Madame
Rachel Maufroy pour son expertise sur les chicons !

Textes : Florence Ducatteau
Textes de la mascotte Aline : Aline Gérard et Florence Ducatteau
Illustrations : Pascal Baltzer

Directrice éditoriale : Laura Lévy
Responsable éditoriale : Adrienne Heymans
Éditrice : Sandra Mangoubi
Directrice du studio graphique : Sabrina Regoui
Maquette : Sonia Blanchard
Fabrication : Marion Gretchanovsky
Correction : Émilie Hamoir

24-32, rue des Amandiers, 75020 Paris - France.
Imprimé en Roumanie. Printed in Romania.

Produit conçu et fabriqué sous système de management de la qualité certifié AFAQ ISO 9001.
 Loi n° 49-956 du 16 juillet 1949 sur les publications destinées à la jeunesse, modifiée par la loi n° 2011-525 du 17 mai 2011. Dépôt légal : avril 2021.
auzou.fr

DÉCOUVRE LES AUTRES TITRES DE LA COLLECTION !

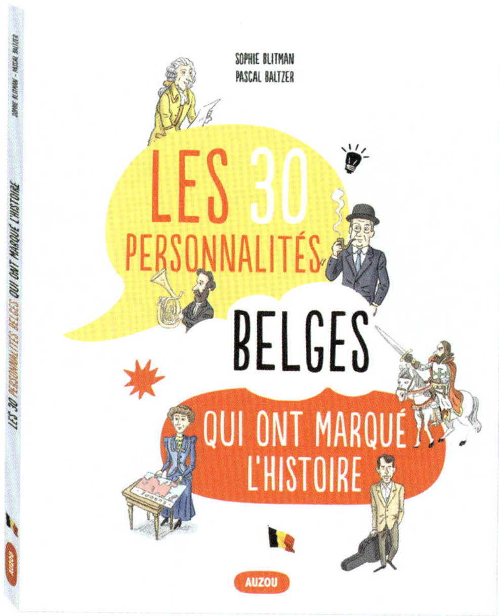

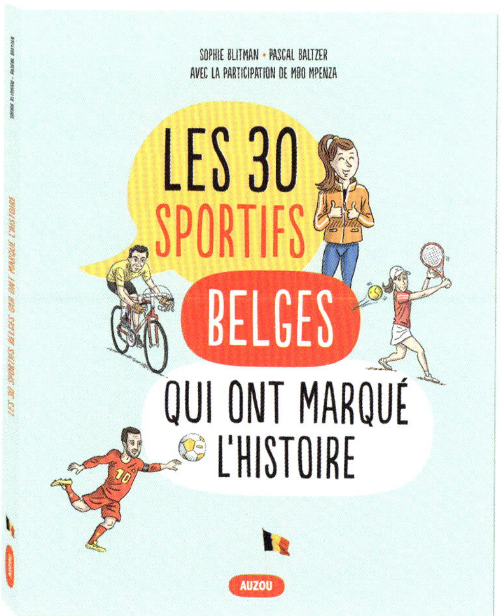